MI CAMITA

AUTOR: JAVIER SÁENZ PINILLOS

ILUSTRADOR: JULEN RODRÍGUEZ RUIZ

Camita. 1ª Edición - Octubre 2016.
Copyright texto y guión: Javier Sáenz Pinillos.
Copyright ilustraciones: Julen Ruiz Rodríguez.

BN-13:978-1537638331
N-10:1537638335

Os presento a mi camita.
Mi camita es una dormilona, porque durante
el día siempre está durmiendo.

Mi camita tiene que descansar para poder
cuidar de mi por la noche.
Porque cuando se hace de noche no duerme
nunca ni un segundo, porque siempre está
cuidando de mí.

Así que intento dejarla dormir
tranquilamente durante todo el día.

Pero, después de comer, me meto dentro para echarme una siestecita.

Algunos días después de la siesta despierto a mi camita
y juego sobre ella con mis muñecos y muñecas,
y ella a veces me los esconde.

Y a veces me escondo yo y le pregunto,
¿a que no sabes dónde estoy?
¡Y ella nunca me encuentra!

Me gusta contarLe a mi camita mis secretos
y eLLa siempre me Los guarda.

Un día salté encima de ella con mi mejor amiga pero subieron los vecinos porque hacíamos mucho ruido y mi mamá se enfadó, así que ya no lo hago.

¡Pero Lo mejor es cuando LLega La noche y mamá o papá nos Leen cuentos! A mi camita Le encantan, y se parte de risa cuando son divertidos.

O se le saltan las lágrimas cuando los cuentos son tristes.

Y cuando me quedo dormida, mi camita siempre me arropa.

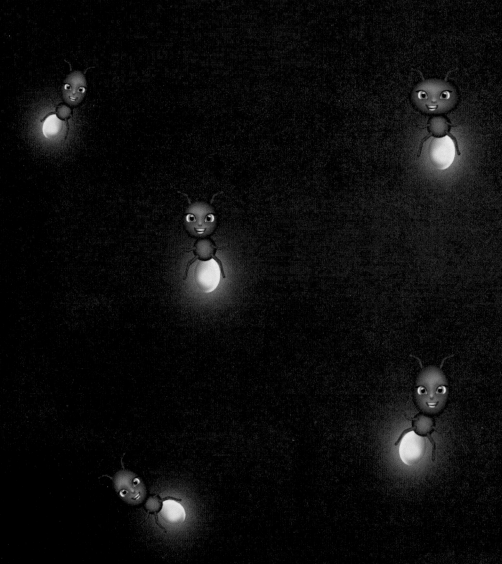

Mi camita siempre quiere que por la noche apague la luz.

Porque dice que con la luz apagada ella ve mis sueños como
si estuviera en el cine, y que así se entretiene un montón.

Además, mi camita es muy buena y si me ha pasado alguna cosa mala durante el día, por la noche se la come.
¡Así no tengo nunca malos recuerdos!

Yo siempre tengo sueños bonitos, pero si alguna vez tengo algún mal sueño, mi camita me defiende.
¡Y ella siempre les vence!

En medio de La noche se convierte en un barco donde tengo sueños bonitos.

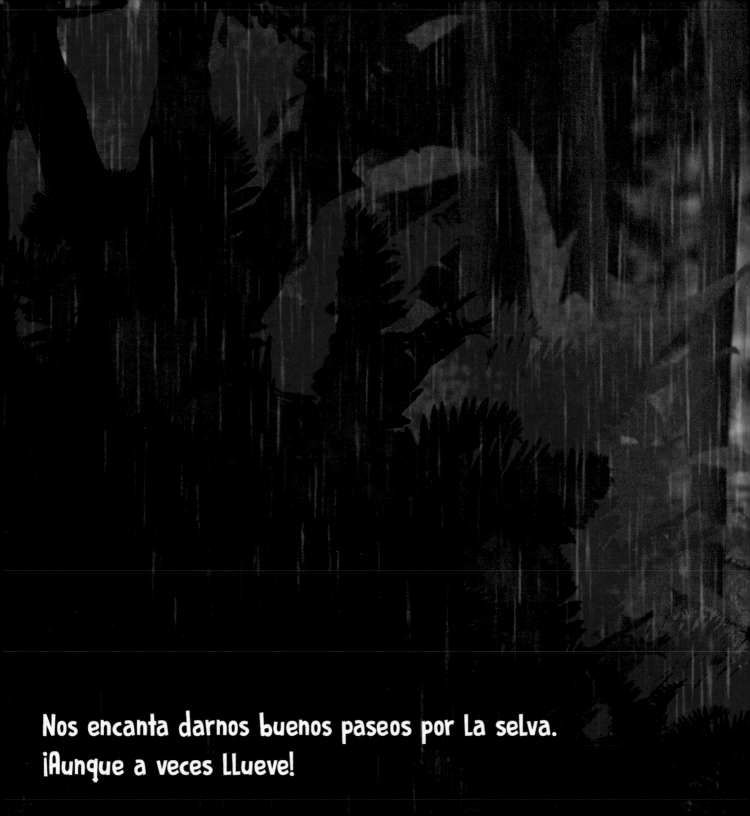

Nos encanta darnos buenos paseos por la selva.
¡Aunque a veces Llueve!

Con mi camita he LLegado a ir a Lugares Lejanísimos.

¡E incluso mucho más lejanos todavía!

A veces me despierto así.

Y a veces me despierto así.

Una vez me fui a dormir
a casa de mis abuelitos.

Y cuando volví me encontré
a mi camita llorando.

¡Me echó tanto de menos!

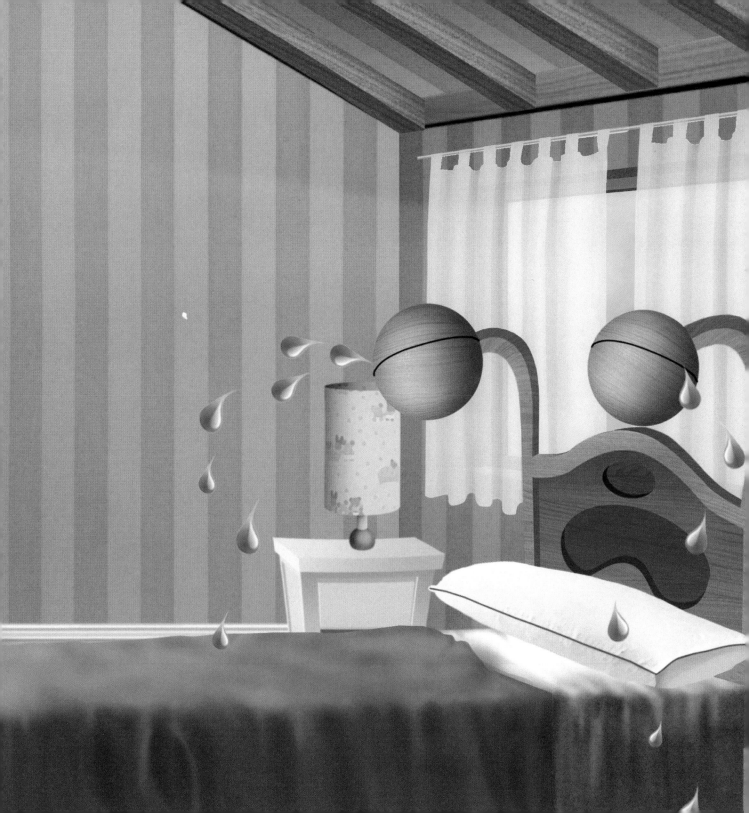

Yo, si estoy en mi casa, siempre siempre siempre siempre duerm[o]
en mi camita. Pero ahora si me voy a dormir con mis abuelitos,
Le dejo al Lado nuestros Libros favoritos.

Y así se pasa La noche Leyendo y no me echa tanto de menos.

Y si alguna vez me pongo malita, mi camita
me cuida todo el tiempo.

Y cuando me pongo buena,
¡nos lo pasamos en grande!

A veces, cuando hace una bonita noche, simplemente contamos
Las estrellas.

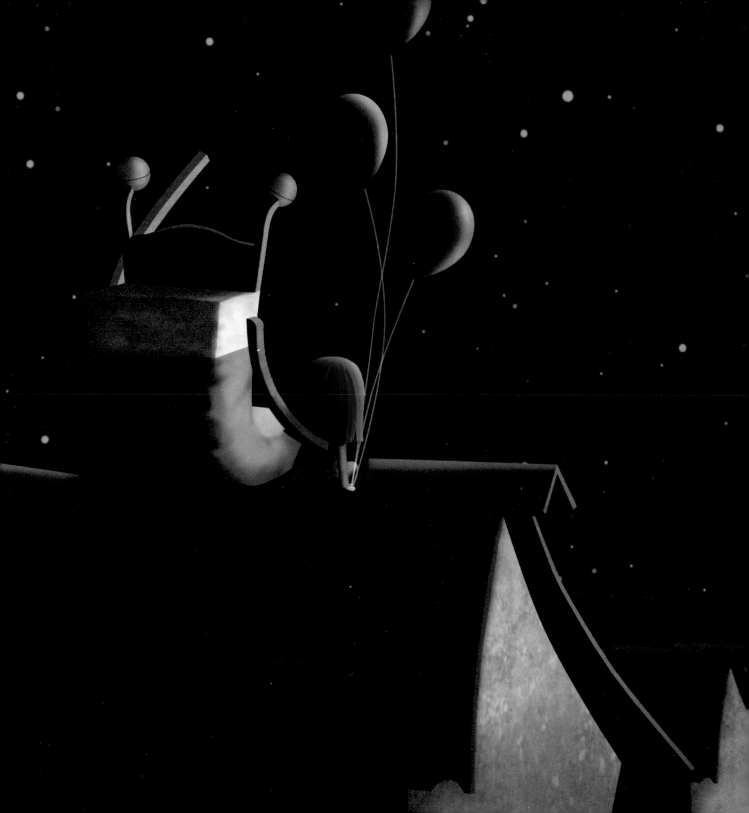

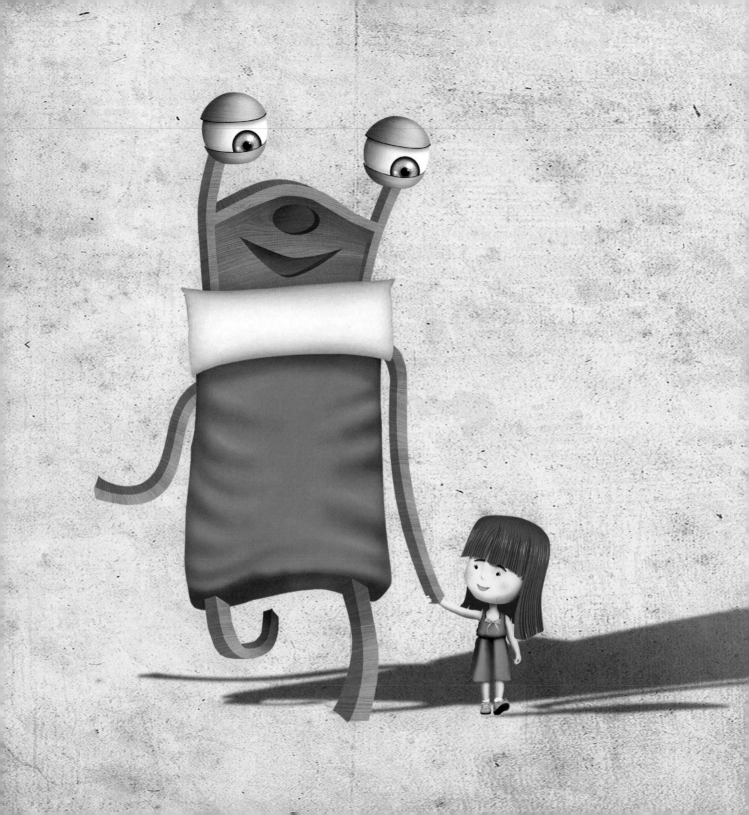

FIN

¿HAS VISTO A TU CAMITA DESPIERTA?

Todas Las camitas son mágicas. Pero La mayoría son muy tímidas y vergonzosas y no se despiertan nunca delante de Los niños. Aunque nunca La veas despierta, ten en cuenta que por La noche siempre cuida de ti.

Ten en cuenta que Las camitas duermen todo el día, y que sólo se despiertan por La noche, cuando tú te duermes, para cuidar de tus sueños.

CUIDA DE TU CAMITA Y ELLA CUIDARÁ DE TI

* Haz tu camita. que esté siempre hecha y bien bonita.

* Mantén Limpia tu camita.

* ¡No comas encima de eLLa!

* ¡No pongas Los pies sucios ni Los pies calzados encima de eLLa!

* ¡No saltes encima de eLLa! Podrías hacerle daño o incluso estropear su colchón.

* Deja dormir a tu camita. Es mejor que durante el día la dejes tranquila. ¡Así por la noche te meterás dentro con más ganas!

* Duerme siempre con ella, nunca la dejes sola por las noches. Porque ella cuida de ti, ¡pero tú también tienes que cuidar de ella!

* Si vas a dormir fuera de casa, deja sobre tu camita tu libro favorito, para que ella pueda leer si tú no estás.

* Vete a tu camita todas las noches a la misma hora. Lávate los dientes y a la camita.

* Pídeles a mamá y a papá que te cuenten cuentos cuando te vayas a tu camita. Por ejemplo este libro que habla sobre una niña y su camita.

* Y sobre todo sobre todo, ten en cuenta que tu camita te quiere.

BUENAS NOCHES CAMITA

Clic (se apaga la luz).

MI CAMITA

Haz un dibujo de tu camita y pégalo
en La cabecera de tu camita.

Manufactured by Amazon.ca
Bolton, ON

10257723R00031